KB016333

차라리 비라도 내렸으면 좋았을 저녁입니다

차라리 비라도 내렸으면 좋았을 저녁입니다

초판 1쇄 발행	2022년 8월 25일
초판 1쇄 인쇄	2022년 8월 25일
지은이	배성희
펴낸이	이장우
편집	송세아 안소라
디자인	theambitious factory
마케팅	시절인연
제작	김소은
관리	김한다 한주연
인쇄	금비pnp
펴낸곳	도서출판 꿈공장플러스
출판등록	제 406-2017-000160호
주소	서울시 성북구 보국문로 16가길 43-20 꿈공장 1층
이메일	ceo@dreambooks.kr
홈페이지	www.dreambooks.kr
인스타그램	@dreambooks.ceo
전화번호	02-6012-2734
팩스	031-624-4527

이 도서의 판권은 저자와 꿈공장플러스에 있습니다.

꿈공장플러스 출판사는 모든 작가님의 꿈을 응원합니다.
꿈공장플러스 출판사는 꿈을 포기하지 않는 당신 곁에 늘 함께하겠습니다.

이 책은 저작권법에 의해 보호받는 저작물이므로 무단전재와 무단복제를 금합니다.

ISBN	979-11-92134-22-2
정가	12,000원

배성희 시집

차라리 비라도 내렸으면 좋았을 저녁입니다

1부

2부

시인의-
말

십수 년 만에 두 번째 시집을 낸다.
시인의 언어는 시 이외엔 없으므로
14년 동안 지녔던 묵언패를 이제야 던진 것이다.
버리고 또 버린 뒤 가까스로 남은 문장들이
애틋하고 홀가분하다.
내 침묵의 언어가 누군가의 가슴에 닿길 바라며.

또 한 번 여름의 끝에서

배성희

1부

제게 꽃보다 붉은 상처를 주세요

길고 긴 무채색의 계절을 지나

가장 날카로운 기억

서러운 신파로 남겠습니다

떠오른 순간 남겼습니다
가장 소중했던 기억
길고 긴 무채색의 계절을 지나
저에 꽃보다 따뜻한 온기를 주셨던

순환

가을로 시작해서
여름으로 끝나는
사계절을 상상한다
스타카토로 낙엽이 지고
그것이 얼어붙은 눈길 아래서 썩고
그 썩은 기억을 마시며 새순이 돋고
시퍼렇게 자라오른 잎들이
절정에서 카덴차로 장렬히
생을 다하는 순환
헤어짐으로 시작해
재회로 끝을 맺는
사랑을 생각한다
서러운 눈물이 환희로 바뀌고
기쁨에 겨워 웃고 웃다가
문득 죽어버리는 상상을 한다
얼마나 아름다운가

상처

제게 가장 날카로운 펜을 주세요
우리의 사연을 낱낱이 기록해야 합니다
순도 백 프로의 슬픔에
푸른빛 도는 회색의 체념으로
선명한 마침표를 찍어야 합니다
차라리 비라도 내렸으면 좋았을 저녁입니다
누구나 알고 있지만
울음이 터지지 않고는 못 배길
인연의 끝은 얼마나 그럴듯한 통속입니까
아름다운 이별은 없어요
이별은 다 쓰레기죠
비도 내리지 않는 저녁
봄의 꽃들은 너무도 쉽게 잊혀졌습니다
제게 꽃보다 붉은 상처를 주세요
길고 긴 무채색의 계절을 지나
가장 날카로운 기억
서러운 신파로 남겠습니다

단면

참치 캔을 땄다
물결무늬를 닮은 단면에서
파도 소리가 났다
가다랑어의 바다는
잘린 몸통에 숨겨져 있다
쪼개진 물결무늬는 화석처럼 늙어보였다
부서진 파도만큼의 기억이
겹겹의 무늬로 새겨진 것이다
쪼개지고 또 쪼개진 것들 뒤에는
슬픈 기억만이 남는다
그러니까 우리는 슬픔과 만나고
슬픔과 사랑하고
슬픔과 헤어져서
아련한 슬픔의 단면으로 남는 것이다
저마다의 기억을 텅 빈 옆구리에
물결무늬로 새기고서

경계선

무르익는다는 건
경계선을 이해하는 것이다
입추보다 느린 말복의 미련에
함부로 조바심 내지 않는 것이다
계절과 계절 사이
죽 찢어진 달력처럼
들쑥날쑥한 상실의 중심부를
고요히 더듬어 보라
누군가는 떠나가고
누군가는 오고 있지만
그것들 가장자리는
붉은 저녁노을만큼이나 애틋하다
무르익는다는 건
천천히 물들어 가는 것이다
경계선에 서서 흔들려도
함부로 탄식하지 않는 것이다

노안

너무 낡은 것들은 망막 깊숙이
허물어지는 슬픔을 숨기고 있다
말랑한 속살이 굳어지면
오래 사랑해 온 기억이 문득
낯설어지는 것이다
흐린 안개 속에 서서
일그러진 슬픔을 자꾸 비비며
시도 때도 없이 울다 보면
알게 된다, 어떤 것들은
멀리 떨어져야만 선명해진다는 걸
마음의 눈 너머에 맺힌 눈물이
진짜 그리움이라는 걸

어떤 저녁

어떤 저녁엔
아픔도 친구처럼 다정해진다
낙엽들이 죄다 명치끝으로 떨어지고
한숨 사이마다 진통제를 삼킬 때
슬픔의 농도를 희석시키는 방법은
그것을 힘주어 끌어안는 것이다
미움도 아픔도 있는 힘껏 끌어안으면
저녁놀처럼 애틋해진다
어둠 속으로 손을 뻗으면
아무것도 아닌 초라한 슬픔이
물컹 만져진다
그런 저녁엔 아픔도
아픔의 팔을 베고 눕는다

함부로 전하는 위로

빗방울이 상심한 발등을 어루만질 때
낙엽이 우연인 듯 어깨를 다독일 때
위안이란 실은 제가 가진 전부를 던지는 것이다
비를 버리고 거대한 물줄기로 흐른다는 건
나무를 놓고 단단한 대지로 스민다는 건

그대 아픔을 함부로 위로하지 않는 건
무심해서가 아니다,
그대가 아프면 나도 아프고
그대가 울 때 몰래 절망하지만
쏟아지는 눈물 같은 붉은 노을이
얼마나 미치도록 쓸쓸한지가 아니라
내가 보는 저녁 해와
그대 어깨 위에 내려앉은 석양이
어쩌면 다른 빛깔로
스러지고 있기 때문에
내 저녁이 그대 어둠 전부를
끌어안을 수 없기 때문에

수몰

그곳엔 마을이 있었다
지금은 물의 집
마지막 한 사람 체념이 떠나고
초라한 이삿짐 속에 쑤셔넣다 흘린
크고 낡고 오래된 기억들만
지박령이 되어 깊은 망각 속으로 풍덩
몸을 던졌다
오색 천 휘감은 성황당 나무 우듬지
소박한 예배당 뾰족한 지붕 위에도
이름조차 잊힌 무너진 봉분
허옇게 바닥 드러난 마른 우물 속에도 반짝이는
반짝이는 물비늘
추억은 사라지는 게 아니지
켜켜이 쌓인 기억들 맨 밑바닥에 기우뚱
난파된 고깃배처럼 가라앉는 거지
파도가 쳐도 닿지 않는 곳
울면서 떠났지만 끝내 남기로 한 것
오래 전 그곳엔 작은 마을이 있었고
지금은 맑고 고요한
물의 무덤

산다는 건

산다는 건 누더기를 깁는 일이다
누더기를 걸친 그림자가 가여워 울다가
이윽고는 그런 제 모습을
뜨겁게 사랑하게 되는 일이다
산다는 건 굴러떨어진 펜을 주워
어제 못다 쓴 문장을
이어 적는 것이다
쉼표와 물음표를 섞어
언젠가 오고야 말 마침표를 향해
보이지 않는 글자를 한 자 한 자
꾹꾹 눌러쓰는 일이다
해 질 녘 붉은 노을 아래서
굴곡진 자신의 상처를
으스러지게 끌어안는 건
얼마나 사무치게 눈물나는 일이냐,
검은 땅거미 위에
살가운 말줄임표 한 줄 새기는 것이다
산다는 것은

아플 예정입니다

또 한 번의 계절이 지나갔습니다
계절과 계절 사이에선 자주
습한 바람이 불고
이방인처럼 비틀거리던 새벽마다
진통제 한 알을 삼키곤 했지요
돌이켜보면 사랑은 늘
행복보단 불행 쪽이었어요
시들어버린 기억을 손에 쥐고
들풀처럼 흔들리던 날들
그런데 추억은 언제나
미움보단 그리움을 품게 마련이어서
책갈피 마른 꽃잎들이
분홍빛 날개를 펄럭이며 날아오를 때
마음의 화단에서 무수히 피고 지는
한 무더기 그리움을 밟고 서서 휘청,
흔들리곤 하는 거지요
이제 막 또 하나의 계절을 보내고
오늘부터 잠시
아플 예정입니다

오래된 책

바람이 불었다
오래된 책을 펼쳤더니
펄럭펄럭 바람 소리가 났다
책장마다 누렇게 세월이 배고
지금은 이름도 기억나지 않는
누군가의 메모가 적혀 있었다
어쩌면 그날도
바람이 불었던 모양이었다
그 바람이 여태
책갈피에 남아 있는 줄 몰랐다

고양이

생각이 많아질 때는 너를 본다
네 고요한 수염 속에는 평온이 있다
심지어 어떤 시간은
가늘고 완만한 곡선 끝에서
잠시 길을 잃기도 한다
아무것도 갈망하지 않는
말랑한 발바닥도 그렇다
너는 새삼 다가오거나 멀어지지 않는다
적당한 거리감은 팽팽하지 않아서
끊어지지 않는다
어느 선량한 시인은 빛나는 별을 헤었으나
나는 가닥가닥 고요한
네 수염을 헤어야겠다

썰물

가득 차 있을 때가 있었다
아침저녁으로 1도씩 낮아지는 체온에도
너는 울컥울컥
높아진 수면을 따라
줄기차게 밀려들어왔다
미처 모르는 새 지구가 조금쯤은
허리를 굽혔는지도 모르겠다
좀체 표정을 읽을 수 없는 낮달이
슬쩍 선을 넘었던 건지도

겨우 반나절,
소금기 머금은 바람이
수평선 귀퉁이를 조금씩 허물고
그득하게 출렁이던 너는
젖은 입술을 일그러뜨렸다
뒤엉킨 머리칼 뒤로 뭉텅뭉텅
묶인 시간들이 빠져나갔다
자꾸만 빠져나가는 것들 때문에
나는 중심을 잃고 휘청거렸다

기웃한 옆걸음의 게 한 마리
멀어진 수평선을 따라
질질 발을 끌며
달려가고 있었다

안부

당신,
안녕하신가요
그토록 눈부시게 빛나던 날들
어처구니없이 가벼운 맹세
불면에 몸부림치던 숱한 새벽마다
젖은 얼굴을 감싸던 당신 하얀 손
곱디고운 손가락
그 손가락 마디마디 숨겨진
소리 없는 통곡마저도
모두 안녕하신가요
저는 안녕합니다
내딛는 발자국마다 부서지는 낙엽
달리는 법을 잊은 관절에는
푸른 이끼가 끼었습니다
우리가 등돌린 시린 거리의 이정표들은
저마다 허공 어딘가를 가리키고
우리들 안쓰러운 기억들이 길을 잃고
그 끝 어디쯤에서 쓰러져 눕더라도
당신, 부디

잘 지내세요

저의 지난날은 안녕합니다

사과

저는요, 지천명을 생쥐마냥 야금야금 갉아먹으며 그냥 그렇게 살았는데요, 된통 갉아 들어간 허리춤만 비대한 위아래를 간신히 버티고 섰는데요, 빈 것이 미덕이라고 어수룩한 듯 말끝 얼버무리며 머리털 가늘어질수록 빈약한 중심 아래 축 처진 허욕만 점점 부풀어오르는 걸 모른 척 거드름 피우며 지냈는데요, 속살 다 파먹힌 사과 꽁다리도 똑같은 사과라고 되뇌면서 실은 그것이 고래 등 집채만 한 욕심이라는 걸 차마 몰랐을까요, 나는 대체 그간의 세월을 무엇과 엿 바꿔 먹었을까요.

마음 가난한 나는

낡은 지갑 속
손때 묻은 카드처럼
네 귀퉁이 헐어진 한 장 기억으로
아득하게 웃고 있는 당신
붉은 저녁놀과 함께 눕고 싶은 날
너무 아프지 말라고
그토록 오랜 세월을
사랑 밖에 모르는 얼굴을 하고서

마음 가난한 나는
책갈피 사이사이 숨겨둔 비상금처럼
당신을 한 장씩 헐어 내어 쓴다
오래 서럽지 말라고
베갯잇 속 꽁꽁 숨겨둔
유효 기간 지난 부적 같은
화르륵 타올라 흩어져 버린
하찮은 성냥불 같은

모든 벽은 모서리에서 만난다

일산화탄소와 니코틴에 노출된 벽은
병색이 완연했다
익숙한 이름의 관계들이
메마른 무릎을 맞대고 앉자
어둑어둑 밤이 깊었다
우리의 언어는 번번이
탁자 모서리에 부딪혀 굴절되고
지친 사람들은 하나둘씩
벽으로 스며들기 시작했다
가벼운 악수가 널브러진 귀퉁이마다
아무렇게나 쌓이는 닳고 닳은 농담들
뱀처럼 똬리를 튼 담배연기에
누군가는 미간을 찌푸렸지만
뿌연 삼차원에 감금당한 채
껌벅껌벅 눈이나 마주치고 마는 것이다
'지나다 들렀습니다'
길고 싱거운 주점 간판 아래
덩그러니 남겨진 우리,
동차원의 동지들은

서늘한 밤공기에 옷깃을 여미며

각진 서로의 어깨를

말없이 두드렸다

가을 복판에서

산이 붉은 가슴 열어
작은 새들을 불러 모으는 초저녁
설익은 억새와 어깨를 겯고 나는
바람 속에 서 있었다
아직은 순응할 줄 모르는 푸른 머리칼이
자꾸만 바람의 뒤꿈치를 붙들고
나는 새가 내 어깨를 지나쳐
깊은 숲으로 숨어드는 이유에 대해
생각하고 있었다
순한 코스모스는 손아귀 힘을 풀고
웃으며 바람을 보내 주었다
그때마다 산은 조금씩 허리를 굽히고
하늘은 접힌 산허리를 숨죽여 끌어안았다
10월 한가운데서
웃지도 않고 생각에 잠긴 건
나뿐이었다
억새도 더 이상 고개를 갸웃거리지 않는
아, 가슴 깊은 가을 산언저리에서
영영 놓지 않을 것만 같았던 너를

가만히 놓아주었을 때

밤 그림자 문득 길어지고

노을이 더 활활 타오르던 이유를

나는 오래오래 생각하고 있었다

망각

얇아진 정수리에서 바스락바스락
기억이 좀먹는 소리
저물녘에만 들리는 소리들
부드럽던 발뒤꿈치는 화석처럼 단단해졌다
갑골문자를 닮은 낙엽들
헐거워진 방충망을 스치고
마당 끝으로 몰려가 부스러진다
이해와 반목 사이에서 더 이상 방황하지 않아도 좋을
딱 그만큼의 너그러움이
단단히 봉인 된 기억들을
한 조각씩 해체시키고 있다
너의 이름이 기억나지 않는 건
비로소 너를 놓았다는 것이다
한 줌의 시간을
망각의 강물 위에 방생했다는 것이다
나는 손아귀 힘을 풀고
기억나지 않는 어떤 이름을 떠올린다
쇠락한 마당 끝에서 한 뼘의 기억이
은은한 노을로 타오른다

일 년에 단 한 번

시가 나를 쓰는 계절

또 하나의 전생이 지워진다

소멸

시간은 직선으로 흐르고
기억은 곡선으로 굽는다
그 틈바구니에 가을이 있다
젖은 노을 속에서 흐린 저녁이
소소한 단풍잎 하나로
낙하하고 있다
나뭇잎이 바람을 붙들 때마다
시간은 걸음을 멈추고
수천 가지 빛깔로 허공에 새겨진다
수만 가지 풍경이 그려진다
이윽고 낙엽이 나비처럼
젖은 흙 위에 몸을 뉠 때
한 잎의 우주가 사멸한다
하나의 세계가 사라진다
켜켜이 쌓인 기억들의 무덤
그 갈피마다 노을이 뭉개진다
가을이 소멸한다

가을

바람이 눕고
가을이 밀려든다
낮은 포복의 햇살들이
계단마다 백기를 내건다
마지막 계단 위에서
깊은 숨을 고르던 침묵은
떨리는 손으로
애써 초인종을 누르지 않았다
다만 이대로 좋은 것이다
누구하나 소식을 전해오지 않아도
산 빛은 귀퉁이부터 서서히 젖고 있다
가을의 손을 잡고 걸어 내려간
마당 끝에는
싹둑 꼬리를 자르고 사라진
바람의 허물들
발자국도 없이 번져 나가는
바랜 빛의 입자들
아, 가을
도무지 변명을 모르는

내가 길 끝에 서서 울었던 건

밤새 몸살을 앓던 싱크대 선반은
오늘도 종잇장만큼 내려앉았다
뒤뜰 감나무 잎 하나
공손하게 지표면에 입을 맞춘다
오체투지로 낙엽을 받든
개미들의 겨우살이는 이미 시작되었다
바람이 불 때마다
머리카락 한 움큼씩 빠지고
나는 무릎을 꿇은 채 몸시도 예의바르게
비로소 나를 벗어난 가벼운 허물을 주웠다
모든 쇠락하는 것들에 대한 연민
청회색으로 얼룩진 지평선을 볼 때마다
거짓말처럼 길을 잃었지만 한 번도
집을 찾아오지 못한 적은 없었다
가끔은 길 끝에 서서 서럽게 울었으나
그것은 청회색으로 뭉개진 10월 하늘 끝이
너무 아름답기 때문이었다
비굴하지 않은 순응, 혹은
무혈의 혁명

마지막 날

가을 문턱에서 비는
한줄기 투명한 문장으로 내립니다
초록의 영광을 아로새긴 낙엽이
무언의 감탄사로 떨어질 때
하늘과 땅의 아득한 경계선
소실점으로 무너지는 저녁놀에
비로소 시를 잃었습니다
그리움은 미움을 끌어안고
진실한 사랑은 차마 침묵으로도
형용할 수 없음을 압니다
내 마지막 날은
서러운 가을이었으면 좋겠습니다

미안하다

살수록 자꾸만
뭔가에 미안해진다
동네 만둣집에서 우연히 만난
치매 노인 얇은 카디건
어긋난 단추를 다시 꿰어주다가
바지 주머니에서 꺼내 만지작거리는
낡은 동전 지갑 고장난 지퍼에게 미안하고
선량한 주인장에게 뒷일을 부탁하고
집으로 돌아오는 길
횡단보도 옆 오도 가도 못하고 발 묶인
늙은 가로수에 미안하고
지천에 널린 낙엽을 피해 걸으며
그래도 어쩔 수 없이 발에 차이는
낙엽에게도 미안했다
일생 동안 나는 얼마나 많은 것들을
생각 없이 밟아 왔던 것일까,
그동안 무심코 밟은 낙엽들에게
나는 일일이 사과했다

그런 날

떨어지는 낙엽 한 장에도
마음을 다치는 날이 있다
무더기로 뒤엉켜 풍화되는
젖은 기억들
그것들의 한때는
햇살을 삼켜 찬란하고
도둑처럼 비굴하며, 그럼에도
황홀하게 꽃피어난 달콤한 치욕
가끔은 내가 아니라
추억이 나를 기억해 줄 때가 있다
그런 날이 있다

후숙

아무것도 하지 않았다
그저 거기 올려 두고
바라보기만 했을 뿐이다
만지고 싶은 욕망을 지그시 억누르는 건
해가 뜨고 지는 것만큼이나
사소한 일이다
열매는 가지에서 꺾여 나가는 순간
죽는 것이라 여겼다
그렇게 단단하던 과육이 감나무를 놓고
저 혼자 투명하게 익어간다
늦가을 주황빛 햇살을 품고
떫은 기억들을 용케 뱉어내고 있다
조바심 내봐야 텁텁한 후회로
두고두고 몸서리쳤을 것이다
기다리면 익는다

늦가을 풍경

가을엔 모든 것들이 몸을 낮춘다
앙상한 손금 드러낸 낙엽들
서로서로 몸을 비키며 떨어진다
발화 직전의 가을 숲은
정전기로 가득하다
기울어진 하늘 끝에서
지상의 모든 빛들이
장엄한 다비식을 치르고 있다
스스로 허리를 꺾은 들풀이
담벼락 아래 웅크린 햇살을
애틋하게 어루만지며
마른 땅으로 스민다
자연의 겨울 채비는 스러짐이다
덜어내고 또 덜어내는 법을 아는 것이다
작아지지 못하는 건 나뿐이어서
눈부신 가을 속 홀로 서러운 풍경도
나뿐이다

흔적

길고양이를 만나고 오면
바짓가랑이에 도둑놈까시가 붙어 온다
수줍음 많은 고양이는
늘 석 자는 거리를 두고
멀지도 가깝지도 않은 둘 사이에
늦은 가을이 마른 잡초로 이어져 있다
그러니까 도깨비바늘은
고등어 무늬를 쓰다듬은 손으로
낡은 바짓단을 붙들고
나는 성가신 가시를 하나씩 떼어내면서 실은
도둑놈이라는 슬픈 이름의 풀과
재색 털을 가진 수줍은 들짐승과
시들어가는 가을의 흔적을
통째로 기억해 내는 것이다

두고 온 사랑에게

나뭇잎이 가지를 놓는 순간
가을은 시작되었다
이별이 아름다울 수 있는 건
사랑의 시작과 끝을
모두 볼 수 있기 때문이다
거기 사랑이 있고
우리는 지금 여기 있으니
사랑을 잃어버린 게 아니라
오래전 그날
사랑의 손을 놓은 것이다
나는 이제 가을의 끝에서
낙엽보다 가벼운 위로를 건넨다
너와 나 등돌려 떠나간 자리
홀로 남아 서러운
두고 온 사랑에게

바람, 바람

바람 좋아하지 말라네요

인드라의 그물도 비켜 가는 허공이라나요

하긴,

옷깃 스친 바람이 주머니에 머무는 걸 본 적 없어요

공연히 가슴 열었다 내내 머리 풀고 우는

대숲의 하소연도 있다지요

바람 좋아하지 말라네요,

그 품에 안기는 건 허공뿐이라나요

아, 그런데

그런데요,

무방비의 찰나를 온통 흔들며 지나는

저건 무언가요?

인연의 그물망보다 더 촘촘한 가쁜 호흡을

반으로 가르는 저건!

달라서 아프다

그것은 심연이다
아무리 손을 뻗어도 닿지 않는 거리에서
당혹감에 서늘해진 그대 눈빛에
심장이 찢기는 것이다
이해와
오해와
괴리와
간극
다른 은하에서 태어난 우리가
어쩌다 만난 시공간에서
낯선 서로를 붙잡으려 애쓰며
운명에 떠밀리고
또 떠밀리는
서글픈 체념
그것은 늦은 가을의 끝에서
겨울의 문을 여는 일이다
우리의 별자리는 너무나 멀고
그래서 아프다

어떤 기억

너는 꿈이 되어
언제나 내게로 온다
그때의 너는 애틋하고
때론 잔인하며
그리고 자주 아름다웠다
보잘것없는 추억은 뭉게구름처럼 부풀려지고
가려진 시간들은 갈수록 모호해진다
어떤 기억은 서랍 속에 잠들고
아픈 생채기는 화석이 되었구나
너를 그리워했던 나와
나를 애달파했던 네가
한 줄기의 시간 속에서 고요히
풍화되어가는 것을 본다
우리, 사랑이었을까?

술꾼

그가 늘 술에 지는 것은
술보다 그가 더
술을 사랑하기 때문일 것이다
더 많이 사랑하는 자의 눈물은
그보다 덜 사랑하는 자의 품으로
스며들기 마련이다
손끝에서 떨어진 술잔은
갈지자를 그리며 토악질을 하고
탁자는 한숨을 삼키며
젖은 흔적을 끌어안는다
굽은 그림자가
새벽의 발치에 널브러진다
아름다운 도미노
잠든 그의 등뼈는
하루살이를 닮았다

손금

손금 봐 줄게요
너무나 통속적이어서 나는
네가 좋았다
영험함 따위 없는 속된 사내여
내가 내민 손끝을 너는 그저 맞잡고 있었을 뿐
내가 지닌 깊은 강줄기에
손이나 담그고 있었을 뿐

시간의 칼날 위를
내내 휘청대며 걸어오다가
대상도 없는 악다구니에 목 쉬어가다가
우연히 너를 보았다
건들건들 되바라져서는
입속 간질간질 능치는 언사조차
속물 같은 사내여
너는 몰랐으리라,
내 노회함을, 손금 안에 깊이 숨어
굽이치는 시퍼런 강줄기를

손금 봐 줄게요

애초에 영험함 따위도 없이 다가와서는

아, 시려

뼛속까지 시리도록 깊고 깊어

화들짝 놀라 뒷걸음질 치는 선부른 사내

통속해서 아름다운

어떤 풍경

여자 1호는 카아악, 가래침을 뱉는다 목구멍을 빠져나온 울화가 병실을 이리저리 배회하다 빼끔 열린 문틈으로 슬며시 꼬리를 감춘다 무심을 가장한 복도가 황급히 겨드랑이를 닫는다

여자 2호는 혼미한 잠에 빠져있다 똑-똑- 떨어지는 수액이 해체된 그녀 몸뚱이를 한 방울씩 꿈의 저편으로 실어 나르고 있다 휠체어 바퀴보다 은밀하게 그녀 무의식의 단층 어디쯤 도도한 수맥으로 흘러들고 있을 것이다

여자 3호가 소리를 질러 딸을 깨운다 소스라친 자정이 용수철처럼 튕겨져 일어난다 이년아, 나 아퍼! 어둠이 어둠에게 욕설을 퍼붓는다 어둠이 어둠을 반대쪽으로 돌려 눕히며 길게 하품을 한다 자정의 품에 안긴 어둠은 쉽게 노여움을 거둔다

여자 4호가 벽을 향해 돌아눕는다 뒤틀린 비위가 토닥토닥 메마른 등을 어루만진다 그녀는 손을 뻗어 컴컴한 벽에 지겨워-라고 쓴다 지겨움이 지겨움에게 안부를 묻는다

하긴, 그녀가 가끔 미소 짓는 모습을 어쩌면 본 듯도 싶다

여자 6호는 흰 시트가 벗겨진 5호의 빈 침대를 지나쳐 흐릿한 창밖을 바라보고 있다 비둘기 날갯죽지 빛깔 건물 외벽, 이미 유체이탈을 시작한 간판의 자음들이 애매한 시선으로 흘끔흘끔 창 안을 넘본다 안팎의 경계는 늘 그렇듯 모호하다

동아 파크장
중앙 장례식장

어깨를 겯고 더불어 오래오래 풍화되어 온 것들, 그건 때로 이 빠진 접시들만큼이나 다정다감하다

낡은 것에 대한 연민

낡은 신발을 버렸다
기웃하게 닳아버린 뒤축은
묘하게 신경질적으로 보였다
'낡음'의 동의어는 '열심히' 이고
조금씩 허물어지는 것들은
낡음을 자각하는 순간
급격히 쇠약해진다
이윽고 그는 버려졌다
중심에서 밀려나 변방으로
이 세상 모든 주류로부터
쓰레기봉투에 담긴 신발은
수의를 입은 듯 고요했다
열심히 낡아버린 것들만이
마지막 고요를 누릴 자격이 있다
최선을 다해 허물어지지 않았다면
비좁은 쓰레기봉투 속에서
서럽게 울었을 것이다

괘종시계

괘종시계가 열두 번을 친다
홀로 사는 옆집 노인만큼이나 늙었으리라
얇은 벽은 오랜 골다공증을 앓고 있고
소리는 낮은 밀도로
내 새벽까지 건너온다
소리가 소음을 벗는데 참 오래 걸렸다
열두 번을 우는 동안 존재는
내내 꼿꼿했다
헐거운 것들은
왜 이리도 은은한 것일까
동그란 추가 벽을 쓰다듬고
벽은 잇닿은 다른 벽을 어루만진다
깨어있는 새벽이 모난 데 없이
온통 둥글다

알고리즘

그건 찰나의 우연에서 시작되었다
천둥이나 번개처럼 자연 발생적인
작은 소용돌이 같은 것이었다
사랑이 불러들인 고독 뒤로
침묵과 어둠이
안개 자욱한 새벽이
희열과 눈물과 이별이
그리고 너를 닮은 장대비가
폐부까지 붉게 타들어간 낙엽이
그 모든 상처를 하얗게 뒤덮은 눈이
기억의 능선 위로
쌓이고 또 쌓이는 것이었다
그것이 나를 둘러싼
하나이자 전부였다
다만 우연히 너를 보았을 뿐인데
네 영혼에 비친 내 모습에
낮게 탄식했을 뿐인데

어머니

잠든 당신 등에
대나무 꽃이 피어난 걸
본 적이 있다
백 년이 지나야 볼 수 있다는 꽃
그 꽃을 당신이 피워낸 것이었다
마침 천 년의 햇살이
당신 침실을 비추었고
작은 먼지들조차 오랜 시공간을 떠돌다
우연히 당신 주변에 도착해 있었다
부서질 것처럼 메마른 꽃대가
너무 서럽고 아름다워서
나는 빛의 한가운데 우두커니 서서
조그맣게 울었다

소멸하는 것들을 위한 기도

아주 고독한 것들의 속울음소리를 들어본 적 있니, 순하게 늙은 목숨의 흐린 회색빛 동공을 정면으로 마주볼 자신이 없다면 차라리 그의 앙상한 갈비뼈 사이로 굽이쳐 흐르는 그리움에게 잘 가요, 손을 흔드는 거야. 이제 더 이상 신음도 필요 없는 고요한 흐름이란 세월의 퇴적층마다 석탄처럼 매몰된 기억의 화석들을 발견하는 슬픔이지. 아, 야윈 정강이에서 출렁이는 시퍼런 강물이 다정하게 나를 끌어안고 마지막을 향해 용감하게 흘러드는 모습은 숨이 턱 막히게 아름다운 고통이야. 소멸은 탄생을 낳고, 탄생은 마지막 깊은 호흡 끝에서 새로 태어나는 한 마디 뜨거운 기도.

오로라

오로라를 보러 간다고 했다
기왕이면 질기게 살아남은 태양풍 속에서
무지갯빛으로 산산이 부서지고 싶다고 했다
삶이 못 견디게 단조로워서
그토록 황홀한 빛으로 스러지고 싶었을까,
먼지로 떠돌던 네 아득한 전생을
나는 차마 이해할 수 없었지만
어쨌거나 우리는 만났고
모든 만남은 상처를 남긴다
거대한 흐름에서 떨어져 나온 조각들
갈비뼈 안쪽 깊이 팬 상처들
주름지고 꺾이며 회오리치는 것들
막다른 길 끝에서 발견한 너의 오로라는
너무나 아름다워서 슬펐으리라,
모든 불가해한 것들이 그렇듯이

봄이 오면 헤어지자

우리,

이별은 잠시 미루자

길가 나무들 푸른 잎 다 보내고

어미 잃은 길고양이 울음소리도

얼어붙은 회색 담벼락 모퉁이에서

저리도 서럽지 않은가

낙엽들은 누울 자리를 찾아 헤매고

낡은 우체통은 이제 막

흐릿한 주소 한 줄을 지웠다

꼬깃꼬깃 구겨진 기억들 속

곱게 다림질한 네 웃음소리 한 줄로도

넘치게 아득한 계절이다

우리 이렇게 잠시 머물렀다

봄이 오면 헤어지자,

그렇게 하자

작은 길고양이에게

안녕,

첫인사로 네가 건넨 하악질은

신성하다

급히 만든 허름한 종이 상자 집에

고맙게도 금세 둥지를 튼 너는

묽은 가다랑어 살을 허겁지겁 먹어 치우며

호시탐탐 좁쌀만 한 발톱을 드러낸다

옳지, 잘한다

밥 주는 낯선 손을 할퀴는

배은망덕한 어린 생명이여,

서슬퍼런 세상을 향해

가냘프고 아름다운 무기를 휘둘러라

앙증맞은 발톱으로 혹독한 겨울을 찢고

덜 여문 목젖으로

멀고 먼 봄을 불러들여라

잃어버린 어미 대신

작고 어린 신이

네 초라한 침실에 깃들 때까지

첫눈

눈이 내리기 시작했다
순식간에 계절이 바뀌고
너의 시선은 점선을 그리며
침묵의 강 저편으로 사라졌다
나뭇결 선명한 탁자 모서리
닳고 닳아 낡아버린 시간
첫눈을 밟으며
어설픈 사내의 팔짱을 끼고
맑은 속눈썹의 소녀가 창밖을 걸어갔다
네 개의 발자국은 서로를 껴안으며
길 끝까지 따라갔지만
그 길은 또 다른 길로 이어져 있었고
눈은 내렸다
빈 커피 잔 속에서
무료하게 달그락거리는 헛기침
운명보다 지척인 네가 그어놓은
깊고 깊은 강
심지어 낯선 연인들이 다소곳이 흘리고 간
긴 말줄임표 위로도 흩날리는 눈발

눈은 쉬지 않고 내렸고

우린 작별했다

몇 가닥으로 갈라진 차디찬 길 위에서

뒷모습

그대 뒷모습이 말을 걸어온다
치열했던 하루가
지평선 끝에서 시퍼렇게 부서진다
말없는 말 한마디
미세하게 기울어진 어깨 위에
아슬아슬한 포즈로 매달려 있다
마모된 구두 뒤축은 다정하다,
다정한 뒤축 아래서 서걱서걱
서리 밟히는 소리 들린다
밝음과 어둠의 경계에서 그대는
잠시 머뭇거린다
그리고 이내 용감하게
어둠 속으로 한 발을 내딛는다
검푸른 노을 한 무더기가
조금은 지친 그대 어깨를
침묵으로 감싸 안는다
겨울의 초입에서 나는
그대 비대칭의 어깨 위에 얹힌
말없는 말을 듣는다

장렬히 전사한 하루가 대기 속으로 스미고

밝음과 어둠의 경계가 무너진다

그리고 흐릿한 그대 뒷모습은

눈물겹도록 다정하다

진눈깨비

가벼운 네 허리춤을 따뜻이 끌어안아 줄
단단한 나뭇가지 하나 없었노라고
탄식하지 마라,
지상에 닿는 순간 형체를 잃어버린 너는
눈이 되어 쌓이지 못해
기념일을 갖지 못했다
있는 힘껏 달려와
대기의 품에서 자폭하는 별똥별처럼
짧고 초라한 여정
쌓이지 못했으므로 부피를 갖지 못한 너는
소박한 눈사람으로 서서
찬란한 아침 햇살에 천천히 녹아내리는
작은 호사조차 누려볼 수 없었다, 하지만
슬퍼하지 말 일이다
얼어붙은 대기
수직과 수평 사이 어디쯤 그려 놓은
빛나는 수억의 발자국들을
가슴으로 기억할 누군가가 있으니

잊힐 권리

아침이 서늘한 손으로
혼미한 이마를 짚을 때
나는 무방비였다
은빛 햇살에 눈을 찔린 채 나는
더듬더듬 빛의 감옥으로 걸어들어갔다
정원 말라비틀어진 구절초 위로
서리가 내려앉은 건
이미 한참 전의 일이다
아침에 눈을 뜨며 저녁을 생각하고
가을의 끝에서 겨울을 걱정하는 건
얼마나 나쁜 습관인가
마른 풀들은 살아남기 위해
기꺼이 죽어 겨울 틈으로 스며든다
해 질 녘
툭 터져 널브러진 붉은 노을 속에서
나는 차마 죽지 못하고
가을이 겨울에게 잊히던
어떤 순간을 떠올렸다
그렇게 하나쯤은 움켜쥐어도 좋지 않을까,
하얗게 지워질
그런 권리 같은 것

산사에서

열에 들뜬 듯 잠은 오지 않고
때아닌 겨울비 대숲에 지는 소리
아득하여라
새로 넘긴 달력에선
어디선가 본 듯한 눈이 내린다
혼자일 때도
둘일 때도
여럿일 때조차도 외로워서 나는
언제나 웃고 있거나
아니면 울고 있었다
좋은 사람들을 너무 많이 떠나보내고
가치 없는 것에 긴 시간을 흘려보내고도
이 새벽
젖은 대숲 바람에 뒤척이는
내 모습 떠올릴 사람 하나
나는 알고 있는가
낯선 산사 사랑방에 누우면
어둠 속으로 먹물처럼 번져오는 범종 소리
아득하여라

첫눈이라고 생각했다

밤새 눈이 내렸다

하얀 겨울이 반은 녹고

반은 남았다

게으른 나를 기다리지 못하고

스러져 버린 눈도 더러 있었으나

갈 때 가더라도

약간의 흔적이나마 남겨두고 떠나는 게

사랑 아니던가

그래야 추억하니까

곱은 손을 비비며

시린 발을 동동 구르며

밟힌 자국만큼 일그러지는 기다림이

못내 애틋했다

내내 사랑하고도

그것이 사랑인 줄 모르는

나의 겨울은

어쩌면 이다지도 미련한

차를 마시며

찻잎이 벌어진다
너무 뜨겁지 않아서
오히려 온 마음을 열고 있다
후후 소리 내어
불지 않을 만큼만 뜨거웠으므로
움켜쥔 손아귀 얽히고설킨 비밀이
저절로 풀리는 것이다
작설차 한 사발
나긋나긋 봄바람 한 잔
이슬비 한 모금
한참의 고요
잠시 창을 열고 불러들인 겨울이
댓잎처럼 푸르고
그건 또 얼음장만큼 차가운 건 아니어서
곱게 낡은 사연 한 구절
날숨보다 가볍게 흩어지는 것이다
뜨겁지도
차갑지도 않은 온기로

나비잠

그대 고단한 어깻죽지 위로
환한 빛의 날개가 눈부시다
겨울이 반 넘어 저문 창가
운 좋은 햇살이 어린 봄을 몰고 온다
서글펐던 어제는 잊어라
어렴풋한 꿈 언저리에
금빛 향 한 줄 곱게 사르며
생략되고 생략되어 느낌표처럼 단순해진
앞마당 나무들
실뿌리 들뜨는 소리 듣는다
날개를 접고 잠에서 깨어도
사라진 빛이 서러워 울지 마라
간신히 살아낸 하루가
달력 한 장을 넘기면
멀리서 어린 봄이 달려오는 소리 들린다

슬프고 아름다운 것들에 대하여

그대여
눈 내리는 밤이 아름다운 건
휑뎅그렁한 가슴속으로 후회처럼
눈보라가 치기 때문입니다
빈 듯도 하고 시린 듯도 하여
이제는 그만 놓고 싶은데
아련한 기억의 문턱마다
밤새 그대가 쌓이고 쌓여
이윽고 모든 길 끊기고
어지럽던 발자국들도 사라졌습니다
그대여
그날의 나는 누구에게로 달려가는
뜨거운 열차였습니까,
끝내 그대에게 다다르지 못하고
절뚝이며 멈춰 선 낯선 간이역에도
절망처럼 눈발이 흩날렸습니까
이제 전생의 기억은 거의 다 잊히고
그대만 하얗게 하얗게 새벽으로 오는데
간신히 남은 그림자를 붙들고 나는

아름다운 것들만을 생각합니다
슬프고 아름다운 것들을

2부

다행이다
손 시린 겨울이 아니어서,
찬란한 봄날이라 다행이다
잠시 이별하기에는

잠시 이별하기 때나
찬란한 음악이 다행이다
소리 질러 울어도 좋아요,
다행이다

지구 여행 일지 - 19383

밤이 검고 동그란 눈을 껌뻑인다
지구에 온지 19382 일째
오래 전 떠나온 별은 조금 더 멀어졌다
아, 나의 성단
흐릿한 기억을 감싸고 도는
또 다른 기억의 위성들이여
여리고 쓸쓸한 청춘들의 수줍은 엇갈림과
열매도 없이 홀로 남겨진
민들레 꽃받침의 침묵과
함부로 포개진 채 쏟아져 내린
수거함 속 허름한 옷가지들의 체념과
차곡차곡 포개진 종이 상자 탑의 기우뚱한 안도
따사로운 햇빛과 서늘한 바람 따위
아랑곳 않고 피어난 새빨간 장미들

미세먼지 좋음
초미세먼지 좋음
황사 나쁨

오늘 발견한 것들을 '애틋함' 목록에 추가하기로 한다

이별, 침묵, 체념, 희망

다정하고 슬프고 외롭고 기쁜 것들

좋으면서 나쁘고 그래서 결국 아름다운

지구에 온지 19383 일

우리의 별이 아주 조금 가까워졌다

봄, 눈

마침 불을 지피는 중이었다
실팍한 소나무가지 끝에서 지직지직 송진이 탔다
부지깽이에 옮겨 붙은 시뻘건 불꽃 속으로
점점이 날아드는 흰나비 떼
너울대며 너울대며
사월 복판을 건너
탁탁 마른 삭정이 제 속 태우는
흙 아궁이 속으로

눈이다!
비좁은 아궁이 앞에서 격자로 굳어가던 무릎이 소리쳤다
눈을 비비며 나는 잠시
두 계절의 틈새에서 길을 잃었다
더불어 굳어가던 산 아래의 기억이
그윽한 송진 향내 속으로 푸시시, 졌다
느슨하게 몸을 말리던 햇살이
새파랗게 질려 뒷마당으로 달아났다
부도전 뒤뜰에 널어놓은 잿빛 저고리가
삽시간 나비 떼 속에 묻히고

파드득

언 빨랫줄을 박차고 날아올랐다

황홀한 날갯짓,

놀란 운판이 파르르 몸을 떨었다

나는 먼지 앉은 다락을 열고 주섬주섬

풀었던 짐을 쌌다

부조리

여자는 낑낑대며 한아름의 옷가지를

역류 중인 수거함에 쑤셔넣었다

그녀의 미련은 한 팔 간격으로 헐거워졌고

이제 막 헌옷이 된 추억들은

출구 없는 철제 상자 속에서

사지를 구긴 채 무의미해졌다

볼품없는 털을 가진 길고양이가

차가운 모서리에 등을 비비며 울었다

보푸라기 소맷자락을 허우적거리며

늙은 니트는 어린 것을 따뜻하게

안아 주지 못한 게 못내 서운했다

춘분에 웬 눈이람,

잰걸음으로 자정을 건너 돌아간 여자

그림자 뒤에서 어린 꽃들은

때아닌 봄눈에 어리둥절한 채

맥없이 얼어붙었다

오다 만 봄과 가다 만 겨울이

어색한 표정으로 서로의 눈치를 살폈지만

어차피 언젠가는 잊힐 시간들이었다

나무의 언어

나무는 혼자서는 말할 수 없어
웅웅대는 속엣말은 저밖에는 못 듣는데
그의 언어는 언제나 나무
바깥에 있기 때문이지
비바람 부는 날이면 겨우 말문이 터져서는
수십 수백 년 붙박이로 선 비밀스런 사연과
이해와 오해 사이의 침묵에 대해서
밤새 지껄이다가
서늘한 빗줄기에 성급히
뿌리까지 젖어 버리는 거지
모두들 바람의 허물을 얘기하지만
바람을 붙드는 건 언제나 나무였어
바람만이 유일한 그의 언어였으므로
제 팔이 꺾이고
부러지는 것도 모르고 나무는
외로워서
뼛속까지 외로워서

삽질

노인이 삽질을 한다
낡은 공공주택 뒤뜰
후미진 금지의 땅에
손바닥만 한 텃밭을 일구고 있다
만개한 봄이 무딘 삽날에 걸려
자잘하게 부서진다,
자잘한 파열음이 동심원을 그리며
마을 끝까지 퍼져나간다
이제 막 세상에 나온 풀꽃들은 군말 없이
푸성귀 씨앗들에게 자리를 내어준다
착하디착한 목숨들
옆구리를 긁힌 지구가
간지럼을 참으며 큭큭 웃는다
흙으로 스며든 햇빛이
어린 씨앗들의 발가락을 따뜻이 움켜쥔다
거대한 시멘트 왕국 속
조그만 정원
암묵적으로 허락 된 비밀의 섬

아무것도 아니다

괜찮다
아무것도 아니다
아무것도 아니다,
다 괜찮다

아무렇지도 않게 해가 뜨고
아무렇지도 않은 바람에
아무것도 아닌 민들레 홀씨가
어딘지 모르는 곳으로
산산이 흩어졌다
태연한 햇살이 내리쬐고
무심한 고양이는 발톱을 감추고
자울자울 졸았다
아무렇지도 않게 해가 지고
아무것도 아닌 나는 사물처럼
어둠 속으로 스며들었다

무통의 하루가 울컥
눈물을 쏟았다
아무렇지도 않게

딸아, 하고 부르면

딸아, 하고 부르면
천지간에 꽃잎이 흩날린다
억겁의 세월 속에서
네가 나를 낳고
다시 내가 너를 낳아
그렇게 우리는 만나고
또 만났으리라
광막한 우주를 가로질러
하필 내 안뜰에 내려앉은
애틋한 씨앗 하나
인연이란 망각의 강물 위에 새기는
빛의 돋을새김 같은 것이다
엄마, 하고 부르면
우주 가득 하얀 눈발이
눈부신 빛으로 흩날린다

귀리 씨앗들은 살아있다

잠잠하다
빨간 작은 화분 속에서
어제 뿌린 귀리 씨앗들이
견고한 제 우주를 허물고 있는 저녁
둔감한 내 주파수로는
그것들이 속삭이는 소리를
알아챌 수 없다
어둠이 단잠에 빠진 순간
비로소 새벽이 밝아오듯이
입술 부르튼 어린 씨앗들이
젖 먹던 힘으로 지구 표면을 들어올릴 때
속살 촉촉이 젖은 흙 한 줌
넌지시 한 쪽 엉덩이를 비켜준다
그렇게 흙과 씨앗들은
낯선 서로를 감내하며
살아있음을 증거한다
두 손 맞잡은
경건한 나의 저녁에

발자국

내 발자국이
네 발자국보다 크고 넓은 이유는
조급한 보폭 안에서 헐떡이는
생의 가쁜 호흡을
묵묵히 살피라는 말이다
잎사귀 무성한 나무 아래
키 작은 들꽃이 피고
그 소박한 꽃그늘 아래
낮은 바람이 머물다 간다
큰 발자국이 작은 발자국을 끌어안지 않고
넓은 그늘 속에
쉴 자리 한 뼘 내주지 못한다면
산다는 건 대체
무슨 의미가 있을까

수상한 시절

언제부턴가 우리는 더 이상
어깨를 부딪치지 않게 되었다
연등이 모조리 철거된 광장에는
흉흉한 소문만 무성하고
흔적 없이 져 버린 벚꽃을 따라
멀쩡한 이팝나무들이 하얀 눈꽃을
쿨럭쿨럭 게워냈다
우리는 저마다의 섬에 틀어박혀
밤마다 벽지에 손가락으로
꽃잎들을 그리고 또 그렸다
폭우와 폭염 사이에서
빨갛고 노랗고 하얀 꽃잎들이
피었다 지고, 피었다 지고
나중엔 피기도 전에 지고, 지고, 또 졌다
꽃잎을 모조리 잃어버린 우리는
밤마다 벽지에 손가락으로
사랑하는 사람들의 얼굴을 그렸다
빨갛고 노랗고 하얀 꽃들이
차가운 벽마다 다투어 피어났다
끝내 지지 않는 꽃
사람이 꽃이었다

꽃이 졌다

떨어져 나뒹구는 목련꽃은
처연하게 아름다웠다
4월 빗줄기는 장마처럼 드세고
부서진 꽃잎들은 온몸으로 투항하는
백기 같았다
빗소리를 이불 삼아 잠든
그의 등짝이 서러워서 눈물이 났다
흰 꽃무덤 위로 벚꽃과 동백꽃이
겹으로 쓰러졌다
아름다운 건 서럽고
서러운 건 사랑이라는 걸
나는 애저녁에 알고 있었다
봄비 속에선 오고 가는 모든 목숨이
죄다 아름다웠고, 이제
나만 아름다우면 될 일이었다

고등어

해 질 녘
고등어가 구워지는 동안
창문을 열고
오래 잊고 있었던 너를 집어 든다
너도 어디선가
식탁 앞에 앉았을 것이다
고슬고슬 윤기 나는 쌀밥 너머
노릇노릇 구워진
고등어 한 마리 놓여 있을까
생채기 난 시절을 묵묵히 흘려보낸
우리의 지금은 이토록 고요하구나
등 푸른 고등어 떼가 전생을 유영하는
봄날, 초저녁

봄비

허락도 없이 창을 타넘어 들어왔다
오래 푸석해진 뇌는 우울해,
중얼거렸고
빈틈을 들켜버린 창틀은
물기를 머금어 몸이 부풀었다
창과 창틀은 삐걱삐걱
서로의 멱살을 잡았다
빗방울 사이를 헤집고 용케
바람이 불어왔다
앞마당 가득 넘실대는 어둠을
나는 그만 허락하고 싶었다
궤적이 불분명한 외로움과
외로움이 만나
대각선으로 흘러내리며 울었다
창과 창틀이 악수를 나누고
새벽은 깊었다
봄비, 푸른 안개

찔레꽃

넌 찔레꽃 같아
하얗게 웃으며 그가 말했다
장미꽃 같아,
라고 말해 주지 않아서
난 내심 화가 났다
수없이 많은 봄들이 피었다 지고
하잘것없는 사연들을 끌어안은 채
우리는 속절없이 봄의 끄트머리로 밀려났다
지금은 이름조차 희미한 그대여
양지바른 언덕
희고 푸르른 찔레꽃 무더기를 나는
한참동안 들여다본다
치약거품처럼 환하게 웃고 있는,
봄이면 어김없이
찔레꽃으로 오는 사람아
찔레꽃 같은 사람아

농담

공원, 해 질 녘
개와 늑대의 시간 어디쯤
들개처럼 웅크리고 앉아
김광석을 들으며 울었다
내가 알았던 모든
개새끼들을 생각했다
나를 개새끼라고 기억할
모든 그대들도

사소한 말장난을 하며
서른 즈음의 김광석이 웃었다
몇십 년 후의 나도 웃었고,
문득 마음이 편안했다
이 세상 모든 개새끼들이
사랑스럽게 느껴질 지경이었다!
욕지기가 주는 정화
중년
어느 봄날 저녁의
농담

다행이다

날이 좋았다
미친 듯이 바람 불고
머리카락을 산발한 채 나는 넋을 놓고
보드라운 바람결에 겹겹이 숨은
빗방울의 입자를 매만지고 있었다
다행이다
멀미처럼 바람이 일렁이고
그 바람이 봄비를 몰고 와서,
밤새 내리던 비 그치고
터질 듯 부풀어 오른 아침 햇살도
모든 날이 좋았던 건
같은 하늘 아래
눈물 나게 아름다운 그대가 있기 때문이다
다행이다
손 시린 겨울이 아니어서,
찬란한 봄날이라 다행이다
잠시 이별하기에는

또 봄날

행복하냐고 물었다
내가 내게 속삭일 때
소심한 시선들은 서로를 회피하며
허공 어딘가에서
별똥별처럼 추락해 소멸되었다
모르겠다,
내 대답은 어눌하고
행복이란 단어는 지나치게 추상적이다
어쨌거나 5월의 햇볕은
어디서든 넘치게 흔하고
바람은 나뭇잎 사이로 살갑게 불어온다
봄은 사방에 가득 차 넘실대고
흘러넘칠 궁리를 하며
창 안을 넘보고 있다
봄이 일렁인다
현기증이 인다
봄은 지나치게 구체적이다
나는 잠시 경계심을 풀어도 좋을 것 같았다

종이꽃

늙은 어머니 꽃을 만드시네
봄비 한 번에 백목련 떨어지고
엊그제 길가 벚꽃잎 난분분
만개한 모란도 낼모레면 질 터인데
곱게 늙어 적적한 여인
울긋불긋 방 안 가득 종이꽃 만들며
언제 한 번 와라,
내 줄 것 꽃 밖에 없구나

어머니,
앞뜰 동백꽃 다 떠난 줄 알았는데
발치 민들레가 노란 제 넋 대신
빨간 꽃송이를 품에 안고 있지 뭐예요,
그 모습 어찌나 아름답던지
꽃이 지고도 기쁨이었어요
온 생을 바쳐 지극히 피워낸 꽃은
사계절 너머에 있다는 것을
푸른 봄을 다 보내고서야
비로소 알았습니다

사랑

밤새 뒷마당

여린 풀잎들과

거칠게 사랑 나누던 비의 소리를

나는 몰래 엿들었다

굵은 빗줄기는 차디찬 겨울 끝에서

있는 힘껏 달려와

어슴푸레한 봄의 울타리를 무너뜨렸다

봄비 지나간 자리는

발자국마다 눈 시린 초록빛

보아라,

사랑은 저런 것이다

온 가슴 열고 사선으로 쓰러져도

떠나는 뒷모습을 향해

일어서고

또 일어서는 것이다

세포마다 초록의 우물 하나씩 새기고

온몸으로 출렁이는 것이다

젖은 나무가 말을 걸어올 때

계절의 끝이 빗물에 흠뻑 젖었다
이런 새벽엔 깨어있어야 한다
사방이 초록빛으로 물드는 시절에는
모든 것이 결을 따라 흐른다
가로수와 가로등이 이마를 맞대고
회색 담벼락은 순한 얼굴로
골목 끝으로 비켜선다
어린 나뭇잎이 어깨를 툭 친다
뭔가 할 말이 있는 것이다
키 큰 포플러에 등을 기대면
등짝이 시퍼렇게 물들고
계절의 끝과 시작점에서는 누구나
조금쯤 선량해진다
불쑥불쑥 손을 쳐들며
느낌표로 돋아나는 들풀
빗속에 선 나무가 말을 걸어오는 새벽에는
나무처럼 푸르게 젖어 있어야 한다

봄, 고양이

녀석은 가르릉거리며 몸을 활처럼 뻗었다
사월 햇살이 희고 뾰족한 수염 끝에서
폭죽처럼 펑펑 터졌다
창밖은 온통 빛의 세상
벚꽃은 하염없이 지고
몽글몽글한 바람이 감쪽같이
새빨간 동백꽃잎 사이로 스며들었다
시간은 아주 느리게
흘렀다 머물렀다를 반복했다
우주의 법칙을 잊은 것처럼
앙다문 녀석의 입가에서 또 한 번
나른한 봄볕이 포자처럼 흩어질 때
나는 웃고 있으면서 한편으론
울음이 터질 것 같았다

들풀

어휴, 저것들
뒷마당 풀 베어낸 게 언제라고
어설픈 봄비 한 번에
죽은 듯 쓰러졌다
어느 틈에 천지간을 점령해 버렸네
목 잘린 몸통에선 새 목이 자라올라
하찮은 꽃잎들을 피워내고 지랄들인지
개수대에 그릇을 탑으로 쌓아두고
바구니엔 빨랫감을 산처럼 쌓아놓고
한껏 게을러진 오후는
봄바람 살랑대는 창가에
고목처럼 비스듬히 누워
차진 욕이나 나지막이 늘어놓고 있다

사랑 불변의 법칙

당신이 자주 찾아오는 계절입니다

어둠과 적막과 오랜 침묵의 시간을 지나

이윽고 환한 봄의 가슴팍으로 거침없이

쏟아져 내리는 그대여

한 줌 흙이었다가

아무도 몰래 나고 지는 들꽃이었다가

젖은 뒤꿈치를 한없이 쓰다듬던 빗방울

소슬한 바람

온 세상을 뒤덮은 희고 차가운 눈이었다가

비로소 금가루처럼 화사한 빛으로

고요한 내 창을 두드리는

그대는 어디에도 없고

또한 그 모든 곳에 언제나 있으니

사랑은 그런 것입니다

영원히 찾아오는 봄이지요

흰동백이 진다

후둑후둑 꽃 지는 날은
희고 눈부신 옷을 입어요
인적 없는 바닷가 절벽 끝에서
솟대처럼 흔들려요
꽃을 보내고 가늘게 떨고 있는
상심한 어깨에게
아름답다고 말해주어요
에고, 독한 것
가슴 치며 울지 말아요
한 잎 한 잎 미련으로 지느니
차라리 이 악물고 떠난 거예요
흰 새 날고 나니
눈 베일 듯 시퍼런 수평선 아래
초록의 기다림만 남았네요
꽃 지고 나니
비로소 봄이에요

벚꽃비

자욱한 벚꽃비 아래서
우산을 펼쳐드는 바보가 있을까
흠뻑 젖어야만 하는 것들이 있지, 가령
그리움이라든지
그리움이라든지
그리움 같은 것들
그러니까 누군가 무심한 듯
어깨를 툭 치고
가볍게 옷소매를 스치고
걸음걸음마다 망설임 없이
온몸을 내던질 때
어쩌면 사랑은 삶보다
죽음에 더 가까운 게 아닐까
저 봄의 끝을 봐
얼마나 치열하게 아름다운 절망인지

숲을 걷는 사람

숲을 걸어보면 안다
오월 산이 부르는 소리
산을 오르는 건 잘 내려오기 위해서라고
생명의 표식 하나씩 남기듯
한 걸음마다 한 번씩 가벼워져야 한다
연초록 말고는 아무 것도 없이 텅 빈 숲길에서
걸음을 멈추고 하늘을 본다
나무가 위로 향하지 않고 나이테만 늘린다면
여기 바람의 통로가 나겠는가,
사람의 길이 나겠는가
끝봄 골짜기는 깊을수록 담대하여
온통 죽었다 피어나는 것들 뿐이다
마땅히 그 끝을 감내하지 못하는 자는
그만 하산해야 한다
그쯤에서 발길 돌리는 건
본래 자리로 돌아가기 위해서라고
버린 기억들 하나씩 주워 담으며
온몸에 물든 신록을 털면
기껏 비운 업장 금세 다시 차오르는 것도 실은
서럽고도 찬란한
사람의 일이라고

밤, 삽화

비가 내린다
흐린 윤곽으로 허공을 채우는 빗소리
이미 한 대접 어둠을 삼킨 나무는
비틀거리며 제 형체를 무너뜨린다
뭉개진 저녁이 덩어리로 생략된다
비둘기 속깃털 같은 아늑함과
서늘하고 검푸른 공포 사이,
그 어디쯤 비는 내리고
마을과 숲의 경계가 지워진다
새들도 어디론가 숨어들고
반쯤 해체 된 숲 가장자리에서
웃자란 들풀이 한 방향으로 쓰러진다
봄이 저물고
천지간이 검게 젖는다

꽃과 돌멩이와 사람

꽃이 필 때 어디선가
꽃보다 환하게 웃는 사람이 있다
피어나는 것 말고는 아무것도
생각하지 않은 것이다
꽃이 아름답게 질 때 누군가는 꼭
벽에 기대어 운다
최선을 다해 절망했기 때문이다
아름다움을 찾아 헤매는 사람아
쓰러져 서럽게 우는 사람아
비틀거리는 그대 발을 걸어 넘어뜨린
거칠고 모난 저 돌멩이는
귀하디귀한 사람 발길에 차이느라
온 힘을 다해 저만치 나가떨어졌다
슬픔은 치열하고
치열한 것들은 고귀한 것
들꽃 나고 지는 길섶
돌멩이 나뒹구는 길가
그대 쓰러져 우는 지금 그 자리가
다시 피어나기 가장 좋은 때
더없이 빛나는 계절이다

봄과 여름의 경계에서

비가,

라고 서두를 뗐을 뿐인데

오후는 이미 온통 빗물에 젖어 있다

사라진 봄을 찾는 전단지들은

범람하는 물웅덩이에 휩쓸려

자정을 향해 떠내려갔다

봄이 물러간 자리

거친 빗방울에

여름의 빗장이 열리고 있다

수런수런 이마를 맞대고 있던

세상 물정 모르는

담벼락 덩굴장미들이 걱정이다

비가 내린다, 라고 속삭이자

새벽은 푸른 낯빛으로

절룩거리며 계절의 국경을 넘는다

성급한 여름비에 머리채 잡힌 포플러들

사선으로 긴 밤 견디는 동안

발치에 웅송그리고 있던 클로버들만

겁도 없이 가녀린 허리를

꼿꼿이 세우고 있다

한 남자

한 남자가 있네
종이봉지 속의 팝콘처럼 늘 유쾌하고 발랄한 그는
비만 오면 휘휘 휘파람 불지
내 한숨에 회색빛 날을 세우는 눅눅한 저녁
하필 그런 날
겉표지 뜯겨나간 책 한 권 챙겨들고
제 비밀의 동굴로 들어가 문을 닫아거는 남자
그 육중한 단절 앞에서 한 번도
열려라 참깨 따위
주문 외워본 적 없지만
실은 나도 가끔은 휘파람을 불 때가 있지
단조로운 곡조로, 비 그치면
저 비 그치면

그런데 그 남자,
한참을 못 견디고 제가 먼저 주문을 외우고 말지
비도 그치기 전에 다시 휘파람 부는
갓 튀겨낸 팝콘처럼 유쾌하고 화사한 사내
사랑을 알아서
참 고독한 그 남자

초여름 풍경

너무 열 내지 마,
후끈한 이마를 짚으며 왼손이 말했다
달아오른 햇살은 정수리에 대롱대롱 매달려
뒤통수를 쳐댔다
흘러내리는 땀을 훔치고
나는 손바닥만 한 그늘로 기어들었다
귀 얇은 이웃들 일찌감치 도시를 빠져나가고
먼지 앉은 가로수 우듬지를 바라보고 있는 건
나뿐이었다
아스팔트가 헉헉대며 몸을 뒤틀자
빈 상가 바랜 간판이 낮빛을 흐렸다
다혈질의 소낙비
뒤틀린 차도 위로 척후병처럼 스미고
처마 밑 유리된 발가락 위로
비의 파편들이 빛처럼 쏟아졌다
소낙비는 뒤끝도 없이 물러갔다
가로수가 젖은 우듬지를 털고
씻긴 도로는 굳은 근육을 풀었다
낯익은 이웃들 주섬주섬

도심의 빗장을 열었다
나는 젖은 발가락을 펴고
늙은 처마 밑을 벗어났다

회상

네 낡은 소매 끝에선 언제나 강물 냄새가 났다
이미 오래 전 흘러간 물소리를 너는
늘 귀에 담고 다녔다
나는 한 번도 너를 제대로 알지 못했지만
우린 종종
그 강가에서 죽고 싶었다
우리가 나누었던 지극한 행복은 차마
산 자들의 것이 아니었으므로
우린 때때로 그 강가에 죽은 서로를 묻고
돌아서는 연습을 했다

어느 비 오는 새벽
저벅저벅
깊은 걸음으로 다가와서는
한 그루 미루나무로 서서 강의 소리를 전해주더니
너는 기어이 강을 따라
네 안의 바다로 흘러갔다
나는 한 번도 너를 제대로 안 적이 없었지만
내 귀엔 언제까지나

네가 흘리고 간 강물소리가 들렸다

아마도 우린 사랑했을 것이다

서른 즈음, 어느 낯선 포구에서

협소한 계단 끝
어둑하게 들어앉은 다방이
끄덕끄덕 졸고 있었다
소금기에 전 투박한 사내의 무릎에서
나이를 종잡을 수 없는 여인이
화들짝 몸을 일으켰다
땟물 얼룩진 붉은 소파에
엉거주춤 등을 기대자
내가 떠나온 곳의 기억이
꿈결처럼 희미해졌다
금색 테두리가 지워진 커피 잔에선
비릿한 갯벌 냄새가 났다
빈 무릎의 사내가 들어 올린 잔 속에도
무료한 포말이 밀려와 고였다
쓴 커피를 한 모금 들이켜고 나자
마지막 버스가 떠나는 소리가 들렸다
파도는 검은 모래톱을 쓸어안고
자꾸만 뒤를 돌아보는데
석양 속으로 달려간 막차는
다시 돌아오지 않았다

비로소 알게 되는 것들

네가 멀리 달아나 버린 후
자주 거울을 보며 울었다
거울마다 푸른 이끼가 끼고
가끔 눈앞이 흐렸다, 정신을 차려 보면
계절이 하나씩 지나쳐 있었고
한 번 지나간 계절은
다시 돌아오는 법이 없었다
나는 부은 눈으로
멀리 떠나 버린 너를 생각했다
굵은 빗줄기는 계절 틈새를 가득 메우고
발자국을 찾아 헤매던 나는
종종 젖은 신발을 잃어버렸다
장마가 물러난 지평선 검푸른 노을은
이 세상의 것이 아니었고
아름다운 것들은 왜 하나같이
서러운 얼굴을 하고 있는지
나는 맨발로 낡은 거울 앞에 서서
이제는 전생이 된 네 모습을 떠올렸지만
가끔은 네 얼굴이 생각나지 않았다
아름다운 것들도 언젠가는
잊힌다는 것을

애썼다

애썼다,
핏대 올리며 미워하고
가슴 시리게 그리워하고
애끓게 원망하다가
끝내는 사랑하고 마느라

죽이지 않을 만큼만 미워하고
가슴 터지지 않을 만큼만 그리워하고
죽지 않을 만큼만 사랑하느라
애썼다

그 덕에 아침이 오고
계절 사이마다 비가 내리고
새가 울고
잎새마다 햇살이 타는 것이다
그 덕에
살아있는 것이다

로드킬

곧게 뻗은 4차선 도로가 잠시 휘청거렸다
검은 아스팔트 위에서 급정거한 속도가
혼비백산 마찰음을 토하고
차마 정면을 보지 못한 시선은
말라비틀어진 흔적과 가로등 사이쯤에서
어색하게 초점을 흐렸다
너의 시간은 언제부터 멈추었을까,
길 건너 가로수는 침묵으로
멀쩡한 잎을 몇 장 흘렸다
미안하다,
가속이 붙은 속도가 일순 경련을 일으켰으나
휘청거리던 도로는 이내
몸을 바르게 폈다
나는 정면을 응시한 채 천천히
곧은 시간 속으로 미끄러져 들어갔다

SOS

어느 날 문득 내 영혼이
15도 쯤 기울어져 있다는 걸 눈치챘지
질질 맨발을 끌며 따라오는 그림자의
한숨 소리를 들어버린 날
애써 타전한 모스 부호들이
점점이 흩어져 허공으로 사라지고
거울 속 내가 내 눈을 외면하던
어느 아침의 아득한 단절
몸을 벗어난 영혼과
영혼을 놓친 육신이
밤새 서로를 그리며 뒤척이는 그런
총체적 일탈의 시발점
잃어버린 신발을 찾아 헤매다
울컥 눈물이 쏟아질 때
기울어진 영혼을 챙겨
절뚝절뚝 낯선 거리를 가로지를 때
우리, 있는 힘껏 도망쳐야 해
최대한 빨리
가능한 멀리

그 곳 막다른 세상 끝에 서서

미처 수습하지 못한 희망들로

마지막 암호를 타전하는 거야

• • • — — — • • •

• • • — — — • • •

어두워지기 전에

어두워지기 전에

날고 싶다

빛이 일렁인다
교각 아래 검붉은 물그림자의 반은
하늘이다
세상의 모든 빛이 모이면
석양이 되는 것일까
날고 싶은 자들이 모이는 곳
빈손으로 올라와 잠시 거닐다가
문득, 시간을 벗는다
치열한 몸짓 뒤로 희미한 말줄임표가
유성처럼 꼬리를 잇는다
거대한 인공구조물들은
사람의 손에서 나서
사람을 떠받치고 살다가
종내는 사람을 먹어버린다
아름다운 것들은 견고하거나 혹은
서늘하다
그의 유서는 수직이고
필체를 알아볼 수 없을 만큼 빠르지만
날선 속력의 허리를 툭 분질러 보면

그의 동선은 짓이겨진 자음 하나를
함구한 품속에 비밀스레 감추고 있다
날고 싶다

살고 싶다

비와 바다

비 오는 날은 바다에 가자
세상 가장 은밀한 교접이 거기 있다
빗물은 몸을 던져도 죽지 않는다
떨어지는 순간 바다가 되기 때문이다
비 오는 바닷가에 서면
속을 가늠할 수 없는 침묵이
발목을 감싼다
스무 살에 버리고 온 통곡,
서른 살에 떨구고 온 근심이
그 깊은 가슴 어딘가에서
여태 출렁이고 있다
우산을 펼치면 기억 밖으로 튕겨져 나가는
빗방울의 모반
젖은 우산을 던지고
세상 가장 고요한 합일을 꿈꾼다
비와 바다
그 치밀한 간극에서

기다림

그것은 멈춤이다
눈에 익은 사물이 일제히 입을 다물고
승객 없는 정거장처럼 뒤돌아선
적막한 풍경이다
바람마저 숨죽인 자정을
말벗도 없이 앉아보라
얼룩진 유리창 밖
후텁지근한 초여름이 멈춰 서 있고
나무들은 또 저대로 먹빛 하루 끝에
침묵으로 걸려 있나니
기다리는 사람도
오지 않는 사람도
다만 풍경화 속 한 점으로 고요한
그것은 멈춤
바람 한 점 없는

비밀의 바닷가

너는 하하,

웃었다

바닥까지 훤히 내비치는 맑은 웃음 뒤에서

새파란 초여름 하늘이 덩달아 웃었다

고운 모래를 사각사각 밟으며 너의 시선은

하얀 모래톱에서 파란 하늘로

파란 하늘에서 초록의 방풍림으로

그리고 은빛 수평선 끝까지

옮겨갔다,

자유롭게

햇살이 눈을 찌르자 잠시 미간을 찡그렸지만

너는 또 한 번 하하, 웃었고

네 커다란 손에 담긴

흔하디흔한 조약돌은

입을 열 듯 말 듯 이내 다물어버렸다

네가 그토록 좋아하는 바다

어딘지 모를 비밀의 해변에서

너를 영영 잃어버리고 난 후에야 나는

하하, 웃던

네 웃음 속에 숨은 어떤 슬픔을

얼핏 본 것도 같았다

염려

그대가 염려됩니다
미세한 공기의 흐름에도 찌르르
살갗이 아픕니다
이런 저물녘이면 덩달아
마음 한편도 회색빛으로 차분해집니다
한 번도 그대에게 다가간 적 없지만 그대는
결코 낯선 타인이었던 적이 없습니다
그대 시선 따라
발걸음 멈춰 본 적 없지만
내 시선 어디쯤에는 늘
그대가 있었습니다
그대와 나의 거리는 억겁으로 아득했으나
나와 그대는 어쩌면 같은 배경 속에
내내 소소한 사물로 서 있었을 것입니다
여름의 초입에서 나는
대지에 온전히 붙박이지 못한 채로
깃발처럼 허공을 부여잡고 있습니다
약간의 편두통과
귀밑을 스치는 생경한 바람 속에서 그대는

우연인 듯 내 어깨를 두드립니다

그대가 염려됩니다

고즈넉한 낯빛이,

침묵으로 다져진 고른 숨결이

그 여자

저녁 어스름
고즈넉한 미륵사지 겨드랑이 쯤
있는 듯 없는 듯 들어앉은 찻집에
비 몇 방울 어깨에 얹고
소리 없이 미닫이문을 여는 여자
곡우 놓친 지 이미 오래
향취도 없는 녹차 잎이 쓰디쓴 전생을 우릴 때
차츰 굵어지는 빗줄기
후두둑 허물어지는 산 그림자
식은 찻잔을 그러쥔 그녀 팔에
먼지보다 가볍게 내려앉는 침묵
어둑한 산 그림자에 안긴 여자
선홍색 셔츠가 슬픈 여자
무너진 석탑 아래
한기 든 기다림이 내뱉는 기침 소리
그녀가 떠난 자리에
아직껏 남아있는 온기
탁자 위에 흘리고 간
미세한 그리움의 부스러기들

비는 점점 더 거세어지고

선홍색 셔츠의 그 여자

개와 늑대의 시간 속으로 떠나간

바람

몇 번의 전생을 돌고 돌아 이윽고
내 방 창문에 부딪치며 소멸하는 소리
지나치게 평온한 새벽을 온통 뒤흔들어
아, 살아 있구나
치를 떨게 하는

이미 겪은 몇 생의 미래가
전도된 시간을 관통해
내생에 당도하는 소리
설명 가능한 것들의 평이한 연속선상에서
메마른 감정을 찢고
너는 있는 힘껏 나를 두드린다
대책 없이 바람 속에 선 나무들은
온 영혼을 내맡긴 채 울부짖으며
갈퀴손으로 창유리를 붙들고 있다
차마 창문을 열지 못한 나는
속수무책이고 싶다,
치를 떨며
불면의 밤을 하얗게 지새우는 것이다

백구

양은냄비를 보면 생각난다
어릴 적 같이 살던 백구
평생 의지하던 사철나무
그 아래 허술한 판잣집
드센 소나기 어둑한 산그늘에
거칠게 빗금 긋고 물러난 초저녁
제 밥그릇에 넘실대는 빗물을 바라보던
물보다 평온했던 네 안의 고요
나를 향해 전속력으로 달려오던
사랑 말고는 없었던 너의 온 생애
늙은 사철나무 아래서 자라
늙은 사철나무 속으로 떠난
내 최초의 상실
최초의 고독

밥과 시

자~과일이 왔습니다~
싱싱한 과일이 왔어요~!
그 사내가 출몰했다
기차 화통을 삶아먹은 사내는
쩌렁쩌렁한 목청으로
온 동네를 발끈 들었다 놓는다
언젠가 혈기왕성한 주민에게
당찬 삿대질을 당하고서도
그는 좀체 기죽지 않는다
싱싱한 사내, 라고 몰래 이름 붙인
싱싱한 사내는 속박이에 능하다, 어수룩한 계산으론
당할 재간이 없다
줄행랑치는 낡은 트럭 꽁무니에
알고도 속아넘어간 오후가 헛헛,
헛웃음을 흘린다
시디신 포도알이 나보다 먼저 몸서리친다,
몸서리치며 내 오후는 동그랗게 등을 움츠린다
사내가 눙친 저울 눈금은 어이없게 당당하고
내 시는 장마 끝 수박 속처럼 밍밍했으므로

문지기 이반 씨

우리 동네에는 '이반' 씨가 산다
신축 경비실 활짝 열어젖힌 철문과
이제 막 가지치기를 당한
중늙은 정원수 사이 손바닥만 한 그늘 속
낡은 철제 의자 위에서
노곤한 휴식을 취하고 있다
하필 길고양이 밥 주러 가는 길목은
오수를 즐기는 그의 침실,
머나먼 가족의 안부를 묻는 전화 부스,
초여름 땡볕을 피하는
유리의 피난처
눈썰미 좋은 그가 의자를 당겨 열어 준 문
잘린 나뭇더미가 발목을 잡아채는
좁디좁은 길을 지나 나는 매일
길고양이를 만나러 간다
산들바람이 불어올 때마다
그는 점잖게 땀에 젖은 모자를 들었다 놓는다
우리 동네에 잠시 머무르고 있는
일용 노무자 이반 씨
친절한 이방인

치열하게

장맛비 속을 걷는다
게으름에 흘려보낸 시간만큼
허기진 길것들 뱃속엔
차디찬 장대비만 그득할 것이다
다급한 발걸음에 빗방울도 서러워서
자꾸만 발목을 움켜쥔다
단단한 뿌리로 대지를 거머쥐고
무섭게 자라오른 잡초들이
빗줄기를 향해 곱은 손을 뻗는다
우중을 가로질러 온 길고양이들이
초라한 밥그릇에 코를 박고
용케 비를 피한 모기들은
무방비로 노출된 내 정강이에
아랫입술을 지긋이 박아 넣는다
치열한 에로티시즘
장맛비 속에는 다
살자고 덤비는 것들 뿐이다
시퍼렇게 살아있는 것들 뿐이다

그리움

우산은 꽤 오랫동안
거기 서 있었다
해바라기도 아닌 것이
차가운 벽에 비스듬히 붙박인 채
눈멀고 귀먹어서는
하얗게 증발되는 중이었다
이따금 빗소리가
환청처럼 다가왔다 사라졌다
젖는 법을 잊어버린 우산 때문에
비는 두터운 창유리를 두드리며
한참을 쓰러져 울었다

외롭지 않으면 사랑이 아니다

매미가 온 생을 다해
여름 복판을 찢으며 우는 것은
외로움 때문이다
화덕의 빵처럼 부풀어오른 대기
초록에 지친 나무가
그 지독한 구애의 공명을 견디고 선 것도
빌어먹을 외로움 때문이다
냉수 한 모금이 찌르르
뇌신경을 타고 흐른다
따지고 보면 사랑이란
격렬한 슬픔을 끌어안고 기꺼이
고독의 중심으로 뛰어드는 것이다
겨우 울음을 그친
매미의 메마른 날개 위로
초록의 수의 한 잎 떨구는 나무
이토록 사무치지 않은 것을 나는 여태
사랑해 본 기억이 없다

일테면, 사랑은

안녕,

무성한 미루나무 잎들이 건네는 인사는 경쾌하다

여름 속에는 봄의 영혼이 숨어있다

선명한 손금 안에

미처 초록이 되지 못한 연둣빛이

가느다란 그물맥으로 남아있다

여름은 봄의 기억을 밟으며 온다

일테면, 초록은

연둣빛에 버무려진 몇 번의 비와 바람,

햇살 같은 것이다

봄에도

여름에도

가을에도

겨울에도

나는 언제나 너를 생각했고

이별은 지워지는 게 아니라

짙어지는 것이다, 일테면

선명한 여름에 몇 개의 기억이 더해져

가을이 오는 것처럼

일기예보

음험한 바람
아뢰야식을 들추고 회귀하는
무의식의 떨림
일기예보를 끄고 8월의 덧문을 닫는다
기억할 순 없으나
우리 처음 만나던 날의 바람도
그처럼 은밀했을 것이다
단 한 번의 눈맞춤으로
단박에 불행해져버린
허나,
이제 우리들 손아귀는 공허하고
가을의 치마폭은 깊고도 치명적이다
여름의 껍데기를 붙들고 서성대는
마당의 잡초들
계단 끝에서 소멸하는
한 무더기의 시간
그리고
장대비